そううつ記

京琉光

そううつ記

（一）

盤の上の歩を一歩進めながら秋山が言った。

「それにしても喪服で入院して来る奴なんかめったにいないよ」

周りで観戦していた深田と佐藤がそれぞれに応じた。

「担架にのせられて正体不明で個室に運ばれていったんだから」

「見物人がわんさか集まってきてたなあ」

そんな周りの声を聞きながら時枝《ときえだ》は金を動かし何と答えようかと迷ったが、結局、何も言わずに秋山を見つめて次の一手を待った。

将棋を指している時枝と秋山の周りには、年齢も様々な男達が十人ばかり二人をとり囲んで木製の長椅子に座ったり、立ったりして勝負を眺めていた。

ここは朝、昼、夕の食事時は食堂となり、作業の時間には作業所となり、自由時間にはこうして、誰でも座ったり、立ったりしながら、将棋や囲碁、オセロ、トランプ、花札などをしたり、新聞を読んだりできる長机と長椅子が横二列、縦二十列に並んでいる、この病棟で最も広い部屋というか空間であった。

「詰んじまった。時枝さん、あんたは強いね。何度やっても勝てないや」

「だって初段だもん」

時枝はガヤガヤ言っている周りの連中の輪の中にいながら、三ヶ月前の出来事を何となく思い返していた。

気がついたのは個室のベッドに縛り付けられ、点滴の管を腕に刺されて横たわっている自分の姿であった。

男の看護士が、「お、気がついたかね?」と声をかけてきた。

「ここは一体どこです?」

「調布の柏木病院だよ」

「何の病院?」

「精神科」

「精神病院？」

「そうだよ。あなたは余りにも元気がよすぎて、お母さんが心配されてね。さ、採血するよ」

「その注射器は仁丹テルモか？」

「よく知ってるね。使い捨て注射器は最近使い始めたばかりなんだ。よそでも、まだあまり使われていないんだよ。どうだい、おとなしくしていれば、このバンドもはずしてやれるけれどね」

「北杜夫だって、そううつ病じゃないか。あの人だって病院になんか入院してないよ」

「あの人は医者だからいいんだよ」

騒いでいるうちに、橋本が立ち上がって「タバコの時間だ」と叫んだ。皆は一斉に最前列の机の前に並んだ。四角いブリキの菓子箱の中に並んでいる六十余個ものタバコの箱を看護士の佐久間が、箱に差した名札の名前を見ながら患者に差し出すと、患者は一本抜き取っては、思い思いに部屋の壁際にもたれて気に入った者同士話をしながら、座ってタバコを吸った。患者たちが火を点けるライターはブリキ箱に長い紐でくくりつけられていた。

時枝元《ときえだげん》も、将棋盤をとりまいていた連中と、格子の伸びたガラス窓を上にした壁際に座り込んでハイライトを吸った。タバコは約一時間毎に一日十二本吸えた。

隣に座ったそう病気味の関が時枝に聞いてきた。

「何の仕事をしてたんだい？」

「記録映画の助監督」

「へえ。じゃあ俺を写してくれていいよ」

「記録映画だって？　院長先生は撮影するの許さねえだろう」

「そりゃ、そうだ。みんな脱走しちまうもんな」秋山と田中がこもごも言った。

柏木病院は、一階が外来病棟、二階、三階が入院病棟。他に、別棟で女子病棟と、ちょっとした労働を続けながら治療する患者のための開放病棟があった。

三階は、少しよい状態になった患者が、二階から移る仕組みになっていた。

時枝は三ヶ月ぐらいで三階に上がったという訳であった。

二階も三階も殆ど同じ間取りであるが、食堂となる大広間から一本の廊下が伸びていて、まず食堂に近い右側に配膳室、トイレ、左側に新聞の綴じ込みなどが置かれている八畳ほどの談話室と誰でも遊びに使える六畳ほどの和室があり、その奥に左右それぞれに十二畳ほどの和室が病室として並んでいた。この部屋にそれぞれ八人ずつが起居するのであった。

時枝元は二階にいた時のことは切れ切れにしか覚えていなかったが、一番最初に個室から出されて連れていかれたのは右側の西側一番奥の和室であった。黄色いジャージの上下を着せられて、ダンボール箱一箱を持たされて、川口と名乗った三十歳前後の白衣を着た看護婦に先導されて部屋に入ると、部屋の南北に二列に四組ずつ布団がたたまれていて、その北側の入口から二番目の布団（東側から二つ目の布団）を指さされ、「ここがあなたの寝場所よ」と言われた。川口看護婦は部屋にいた七人の男たちに向かって「今日からお仲間になる時枝元さんよ」と言い残して立ち去った。

「荷物をロッカーに入れな。俺は後藤という。時枝と言ったな」

「そう」

「なんで入れられた？」

「分からない。気がついたらベッドに縛り付けられていた。酒飲んで、

飲んで、家に帰って葬式に出ようとしたら、こんなことになっちまった。後のことは覚えていない」

「そううつ病だな。きっと、そうだよ」

「そううつ病？」

「ここに入ったらそうすぐには出してもらえないよ。早く三階に行けるようにするんだな」

「三階？」

「何も知らないんだな。ここは二階。ちょっとよくなれば、皆、三階に上がる。あの羽田さんなんか、十年も二階にいるけどな」と後藤はそっと南西の角にダンボールの箱を四つも置いて布団にもたれて悠然と座っている男を指さした。

後藤は、荷物をロッカーに入れるようにと言った。

ダンボールを開けてみると、下着が三、四枚、青のジャージ上下が一枚、あとはタオルとか石鹸とか歯みがき、歯ブラシ、コップなどが雑然と入っていて、いつも着なれていたポロシャツとズボンが下に置かれていた。

木製のロッカーは、たたまれた布団の上に幅七十センチぐらいの箱が壁に取りつけられていた。時枝は言われるままにダンボールの中味をそこに移した。

いつもは安全カミソリを使っていたのだが、そこに入っていたのは電気カミソリだった。きっと自殺の恐れのある者のためだろうと思った。ズボンにはベルトもついていなかった。

「ダンボールはどうするんです?」

「そこへ置いときな。今にロッカーに入りきらないほど、物が増えるさ」

後藤はニッコリ笑って言った。

「俺はうつ病さ」

「うつ病にしては元気そうですね」

「薬をもらって、こうやってゴロゴロしてりゃあ、誰でもそう悪くならないさ。でも、もう二年になるのに三階に行けない」

「三階に行く人はよっぽどよくなった人なんですか？」

「いや、すぐ行く人もいるよ。ここには三階、その上に開放病棟って出世コースがあるんだ」

「開放病棟？　窓に鉄格子がない所ですか？」

時枝は鉄格子に圧迫感を覚えていたので思わず聞いてしまった。

「俺も行ってみたことはないけれど、グラウンドから見える入口には鍵もかかってないし、何しろ外へ作業に出かけるらしい」
後藤は「あ、タバコの時間だ。タバコ吸うんだろ？　さあ、行こう」
時枝は後藤に連れられて大広間に行った。

入院して一週間後、晴れた日にグラウンドに出てソフトボールをした。時枝はサードを守るように言われ、懸命にプレーをした。試合後、川口看護婦に「時枝さんは元気はいいけれど、エラーばっかりね」と笑われた。グラウンドへ出るのは晴れた日を選んで二週間に一度ぐらいの頻度であるのだが、その後、時枝はソフトボールの時は外野を守るようになった。

柏木病院では、多摩地区の五つの精神病院が参加して行なっている軟式野球大会に出場するため、野球の上手い患者を十五人ほど選抜して、毎日のように練習をさせていたが、時枝が入院して一ヶ月半ぐらいたったころ、午後、数人が大広間でテレビを観ていると、ユニフォーム姿の手塚が看護士に付き添われて入ってきて、開口一番「離婚だってよう」と誰に言うともなく呟いた。皆は手塚の顔を見つめて、彼がまだ何か言うのか待ったが、手塚は無言だった。

誰かが「離婚ラッシュだなあ」と言った。「あいつもあいつも離婚されたよ」

それを聞きながら、時枝は「おれの女房はどうかなあ」と内心不安に思った。精神病だということだけで立派に離婚できる理由になることは時枝も知っていた。

突然変異のようにそう病になって、どこをほっつき歩いているのか分からない夫が久しぶりに帰ってきたかと思ったら、知りもしない人の葬式に行くと準備をしているのを、義父の言いつけ通りに通報して、柏木病院の者の手でお尻に麻酔の注射を打たせて送り出したのだろうから、今ごろ、何を思っているのか分からないなあと思った。三歳の息子と一歳の娘をかかえて、女房がどうしているのか、と時枝ははじめてのように気になった。

二階には絵を描く時間があった。

想像の風景を描いても、最後には時枝は、井戸の井の字みたいな、鉄格子の四角い枠をその絵の上に重ねなければすまなかった。看護士はそれを見て文句は言わなかったけれど、首をかしげていた。

一週間に一度、木曜日に「買い物の時間」といって、袋菓子やらチョコレートやらビスケットやら、いろいろなお菓子が患者たちに配られた。火曜日に五～六十種類の品物を書いた厚紙を見て、患者一人一人が欲しい物をリクエストするのであった。

患者たちは受け取った菓子を自分のダンボールに詰めて、好きな時に間食するのだった。

患者たちは運動は余りしないで、間食ばかりしているから、自然に皆、腹が出て太ってくるのであった。

柏木病院では、患者たちは入院時にお金を取りあげられているから、このお菓子と隠しタバコが流通する貨幣の代わりをしていた。タバコは一日六〜七本しか吸わない人でも、毎回並べば一日十二本もらえるので、余った物を缶などに入れて保存するのであった。

自分が食べないお菓子を注文して、貨幣として通用している、皆に好まれている菓子を求める者も多かった。

同室の羽田は、牢名主のような存在で、一日中、廊下を行ったり来たりして、ウォーキングに余念がなかったが、噂ではW大政経学部卒だということであった。その羽田が何を気に入ったのか、時枝に隠しタバコを一本差し出して、吸ってもいい時間とは違い、吸ってもいい場所とも違う隠れタバコの吸い方を教えてくれた。
羽田の前にある四つのダンボールには、いろいろな種類のお菓子と隠しタバコがぎっしり詰まっているらしかった。

少したって時枝は入院して初めての診察を受けた。大広間の北西に厳重に鍵をかけられた扉があり、その奥に副院長の柏木健二が広い机の前に座っていた。柏木病院は南青山に本院があり、調布は支院であるが規模は支院の方がはるかに大きく、院長で父親の柏木悠一はもう七十五歳を超えていて、実質的な経営者は副院長の柏木健二であった。

そう長い間ではないが南青山の本院に時枝の母親がうつ病で入院していたことがあったので、時枝は南青山のことは知っていたが、調布の支院のことは知らなかった。

大歌人であり、高名な精神科医であった祖父をもつ柏木副院長を主治医に選んだのは名声を重視する時枝元の父親であった。

「だいぶ落ち着いてきたね。少しは慣れたかい？　看護士や看護婦の言うことをよく聞いて、薬をきちんと飲んでいればすぐに治るよ」

「……」

精神病院は、ロボトミー手術とか電気ショックとか、忌まわしい過去を持ってはいたが、時枝が入院した一九七七年の春ごろは、大きく向上した薬による治療を中心とした安全なものに変わっていた。患者の健康管理も行き届いていたが、もしかしたら入院が長期化する傾向はあったかもしれなかった。長期入院患者は皆、生活保護費受給者であったから、病院としては困らなかった。

診察の最後に時枝は家族のことを聞いた。「今はまだ無理だけれど、そのうちにいつでも面会に来てもらえるようになる」というのが柏木副院長の返事であった。

（二）

そうするうちに三ヶ月後、時枝は三階に移された。

三階では、もちろん主治医は変わらなかったが、看護士と看護婦の顔ぶれはがらりと変わった。棟のつくりは二階と変わらないが、大広間の空間にあったテレビはなくなり、その代わりに卓球台が一台置いてあった。卓球はなかなかの人気であった。

「三週間後に演芸大会があるから、出場して下さい」と担当の首藤看護士に言われた時枝は、何かいいアイデアはないものかと思った。

秋山がサックスの手入れをしているのを見つけて、「これだ！」と思い、二人の知っている歌をぶつけ合った。結局「長崎は今日も雨だった」に決定し、当日、秋山がサックスを吹き、時枝が歌って優勝した。

秋山もひどいそう病で四ヶ月前に入院したのだが、この時点で症状はだいぶ軽くなったと時枝に話してくれた。「そう病はそんなに長くは続かないが、その後にやってくるうつ病の方が辛くて長い」と、三回の入退院の経験があるという秋山は言った。

三階には絵を描く時間がない代わりに、作業の時間があった。百貨店の紙製の買い物袋に持ち手となる紐を付ける仕事や、百円ライターを組み立てる仕事など、流れ作業でその時間に各自割り当てられた単純作業を一回一時間半くらいやるのであった。時枝は「ああ、これだから安かったり、タダだったりするのだなあ」と内心思った。

出来上がった物は最後の仕上げを開放病棟の者に任せるようで、その品物を鍵がかかった扉の外廊下に出て、開放病棟まで運ぶのは古手の患者の特権であった。ちょっとでも鍵の外へ出られるということは、患者全員の切望であった。

三階には看護士が八人くらいと看護婦が婦長さんを含めて二人いた。時枝の主治医はもちろん変わらないが、他に医師が、五、六人いた。毎晩、宿直の医師が見回ってきて、眠れないと訴える患者には睡眠薬を処方し、便秘していると告げる患者には便秘薬を処方したりしたので、だんだん時枝もその顔と名前を覚えていった。

どの医師が、誰の担当医かも自然に分かってくるのであった。

看護士はクリスチャンと思われる優しい者もいたが、一見暴力団員風の怖そうな者もいて、本当にかなり暴力的であった。皆、腕っぷしは強そうであったが、後から時枝が考えてみると精神病院ではそれも必要なものなのだった。

クリスチャン風の看護士は、時間さえあればグラウンドに出て、他の看護士やたぶん開放病棟の患者と思われる人たちと、軟式のボールをノックしては、外野フライを捕る練習を繰り返していた。

（三）

入院前には、「ナポレオンより一時間多く寝てるんだ」と会社の同僚などに豪語していた時枝も、この六月ごろには七〜八時間眠られるようになっていた。毎日毎日、三度三度、規則正しく食事を摂ったので、身体が痩せ細っていたのも元に戻り、顎がとがっていたのもふくよかになった。

三階で、時枝に指定されたのは、東側の真ん中の部屋で、その真ん中の布団であった。

部屋のボスは斉藤といい、仏教系の新興宗教「光友教会」の教会員であった。斉藤は、だいぶ古手らしく病院内のことなら何でも知っていて、毎朝行なわれる掃除の時には率先して重い電動ポリシャー（ブラシの付いた床磨き機）を動かしていたし、週二回ある入浴の時間には皆の脱衣した洗濯物を籠にキチンと整理する仕事も引き受けていた。

毎朝一回の掃除は、全員がそれぞれに担当を決められて行なわれるのであるが、毎月一回分担が一方的に発表された。時枝と秋山は、かなり状態がよいものと思われていたのか、皆が嫌がる便所掃除をよく言いつけられた。用務員のような仕事を請け負っていた補助職員のおばさんは、いつもは患者たちを馬鹿にしてガミガミ怒鳴ってばかりいたのに、「あなたたちに頼むと本当にきれいになるわ」と喜んでいた。

掃除は朝食を摂って、タバコを吸い、投薬が終わってからの時間に行なわれた。

斉藤は毎朝、木魚を叩いてお経をあげていた。ラジオからそのころ、流行っていた太田裕美の「木綿のハンカチーフ」が流れてくると、手を叩いて喜んでいた。「俺はこの歌が大好きなんだ」と相好を崩して言っていた。

斉藤は小説を書いているんだと言って、木製のミカン箱の上に数枚の原稿用紙を重ねてボールペンで書き進めながら、出来た原稿を隣のダンボール箱の中に入れるのだった。

ちょっと離れた別の部屋にも「光友教会」の教会員で青山というだいぶ年とった男がいて、同じように毎朝お経をあげていたのだが、斉藤も青山も互いに声もかけ合わず、接触することもなかった。

時枝は以前ある組織に属していたことがあった。その時は互いに口をきいたことのない者同士でも、同じ組織にいるという親近感や連帯感を覚えたものだったから、斉藤と青山の互いの無関心は時枝にとって不思議であった。

青山はこの後、ひっそりと死んでしまうのだが、死因も病名も患者たちには当然知らされなかった。死体となって運ばれて行くのを同室の患者たちが見ていて、三階中に噂を広めた。

食事は、時枝が病院の外にいた時に比べれば、三度、三度、随分早い時間に供された。もっとも、入院する前の数ヶ月間は、あちらこちら、自宅にも寄りつかずに飲み回ったりしていたから、それ以前の時枝が正常であった時の話ではあったが……。

時枝は、学生時代、三つの学生寮を転々とし、社会人になってからも三畳一間、四畳半一間のアパート暮らしでたいした物は食べていなかったから、食事の内容については恬淡としていた。

献立表は、一週間分が大広間の横の壁に張り出されたが、鶏肉の料理が表示されると、鶏肉の食べられない時枝はがっかりした。

幼いころ、家で飼っていて、昨日まで時枝たち兄弟が餌を与えていた鶏を、大人たちが絞め殺して、血を抜くために竹薮に吊るすのであったが、鶏が、首をはねられても地面をバタバタと動き回るのを見ていて、時枝たち兄弟は鶏肉を食べられなくなってしまった。

患者たちは大広間の長机の前に座って、当番の比較的古い患者たち三人が配膳してくれるのを待って、食事をした。配膳の当番は、食べ終わった食器を調理場との境にある窓口に戻す役目も負っていた。もちろん、この当番の患者たちは、掃除の分担は免除されていた。

食事は早く始まり、早く終わった。

ある日、赤木看護婦に案内されて、時枝は初めて診察室の更に奥にある面会室に入った。面会室は、小ぢんまりした会議室のようなつくりで、中央に大きな広いテーブルが一つあり、その両側に皮張りの上等な椅子が三脚ずつ並べられていた。鉄格子のない大きなガラス窓を背にして、時枝の父親と母親が心配そうな顔をして座っていた。

時枝の両親は町田で食堂を経営していて、この日が週一回の休みの日であることに時枝は気がついた。

時枝の両親は手ぶらであった。時枝は、面会に来る親は、病院では食べられないケーキなどを持ってきて、息子に食べさせるのが普通なのだと、他の患者が面会した経験談を笑顔で語るのを何度も聞いていたから、「ああ、やっぱり初めてでそこまで気が回らないんだろうなあ」と思った。

父親との「元気かい？」「うん」の会話だけで終わった面会ではあったが、別れる時には時枝の母親はだいぶホッとした様子だった。もちろん、ただ面会に来ただけではなく、柏木副院長と面接して、時枝の病状を詳しく聞いたことを、後に時枝は教えられた。

二週間後には母親が、時枝の頼まれ仲人を押しつけられた、大学教授の夫人である叔母と一緒に面会に来た。野次馬根性と好奇心が旺盛な叔母の性格を知り尽くしている時枝には、叔母が精神病院なんかには、めったに出入りできる機会はないと、無理して頼んで胸をときめかせて来たことは見え見えであった。

母親から家族は元気だとだけ、時枝は聞いた。子供に会いたい、女房に会いたい、と心底思ったが、負担をかけると思うと口には出せなかった。

時枝の母親は、自分が元々柏木副院長の患者であった経験もあったし、はっきり物を言う義妹が傍らについていたこともあって、柏木副院長からいろいろ聞き出した話を時枝に語って聞かせた。

「少しはよくなったけれど、退院するまでには少々時間がかかる」こと。

「時枝は極端にひどいそう病状態になるまでほっぽっておかれた」こと。

「そう病も、うつ病も、そううつ病も決して世間に恥ずかしがるような病気ではない」こと。

「そう病はそう珍しくはないが、うつ病に比べればずっと少ない」こと。

「そう病がひどければ、その後にくるうつ病の期間も長いが、退院したあとは、全く新しい仕事を探して、その準備をするように考える」こと。

などであった。

時枝はまだ先のことは考えられなかったので、ただ黙ってうなずくしかなかった。

「自分は病気じゃないと言うのが病気の証拠なんだよ」と言う柏木副院長に対して「病気なんだと言えば、やっぱり病気だと分かってきたじゃないかと言うんでしょ」などと口答えをしていた時枝も、このころは

「自分はひどいそう病だったんだ。早く治して退院しなきゃ」と考え始めるようになっていた。

梅雨の合い間の晴れた日、柏木病院のグラウンドで、多摩地区の五つの精神病院の軟式野球大会のリーグ戦の試合が行なわれた。「ＫＡＳＨＩＷＡＧＩ」と大きく縫いつけられたマークをユニフォームの胸につけた柏木病院チームの選手たちと、「ＹＡＭＡＭＯＴＯ」の山本病院チームの選手たちがプレーをするのを、時枝たち患者は、鉄格子のはまった窓ガラス越しに鈴なりになって病院内から見物した。

時枝の横にいた須賀婦長が、「あれが国太さんだ！」とグラウンドのホームベースと一塁ベースを結んだ線の外側に並べられている椅子に座って見物している人物を指差して叫んだ。

山本病院の院長、山本国太は柏木副院長の親戚筋に当たる高名な精神科医だが、著名な随筆家としても知られていて、「国太さん、国太さん」と呼ばれて親しまれていた。

山本病院チームのキャッチャーは、絶えず声を出したり、叫んだりしているようであったし、しょっちゅう派手に動くので、時枝が遠くから見ていても、「あ、そう病なんだ」と分かった。

柏木病院チームのエース渡辺は、社会人野球で活躍して、プロ野球を目指したが、結局、背が低いことを理由にプロには行けなかったという経歴の持ち主なのだと、誰かが時枝に解説してくれた。

道理でソフトボールの時、いつもピッチャーをやっていて、投げる球が速いのに感心したことを時枝は思い出した。

どちらが勝って、どちらが敗けたのかは病院内で見物していた患者たちには分からなかった。

（四）

時枝は金重と知り合った。知りもしない他人の部屋にズカズカと入りこむことは不文律として許されなかったが、病室と病室との境は薄い壁板一枚とロッカーが一列に並べられているだけで、その上、廊下に面しては扉もドアーもない開けっ放しの病室が並んでいるのだから、だんだんとどの部屋に誰がいるかということが分かるようになってきた。

金重とは、食べる席が決まっているわけではない食事の後やタバコを吸う時間などに話をするようになり、部屋に招かれた。

「何を読んでいるんだい？」

「北杜夫の『どくとるマンボウ航海記』。この人は、俺達のことを励まそうと書いてくれているんだと思えて……」

金重は時枝にそう答えた。

ある時には、金重は面会室から飛んで来ると、時枝を面会室にひっぱっていき、金重の両親を目の前にして時枝に「一緒に食べよう」と苺ののったショートケーキを食べさせてくれた。

金重は幻聴に悩まされているのだった。

ひどい時は何ヶ月にもわたって「オヤジを殺せ、オヤジを殺せ」と耳の奥で声が命令するらしかった。

金重は長く二階にいたのだが、このころは発作は殆どなく、穏やかに読書をして過ごしているということだった。

その金重の西側の部屋の隣には川上が居た。川上はちょっと知能の発達は遅れていたけれど、天真爛漫な、あどけなさの残る青年で、時枝と金重と秋山の三人を部屋に呼び入れて、今終わったばかりの母親との面会の様子などを語った。川上の母親は下北沢で小間物屋の店をやっているらしかった。

「お母さんを早く楽にさせてあげたい」と盛んに繰り返すのだった。

時枝は川上を見守りながら、ドストエフスキー『白痴』のムイシュキン公爵を思い浮かべた。

冬布団を夏布団にすべての病室で入れ替える作業が行なわれた。グラウンドの横にある、男子病棟から二十メートルくらい離れた倉庫から、各病室へ布団を運ぶのであった。

倉庫から病棟までのグランド上を隙間なく患者たちが並んで、病室への階段には一段に一人ずつ立って、布団や枕をリレーするのだった。

時枝は秋山や金重と並んで倉庫のすぐ近くのグラウンド上で布団などの受け渡しをした。

病室に近い方は開放病棟の患者たちや看護士が配置されていて、布団がキチンと足りているかどうかをチェックしていた。

二階や女子病棟、開放病棟にも同じ要領で夏布団が運ばれた。

作業が終わって、時枝が部屋に帰ってみると、部屋には八人分の夏布団が整然と敷かれていた。布団を敷いたのは赤木看護婦と須賀婦長であった。

金重は幻聴の発作が起こらない時は、全くの普通の人であった。柏木副院長も、度々金重が願い出る外出を頻繁に許可した。その度に金重は、時枝も一緒に連れて行っていいかと聞き、柏木副院長から許可をもらった。

こうして、二人は連れだって調布の街へ出て、街をブラブラ歩いたり、本屋をまわったり、喫茶店で話し込んで、貴重な外の空気を吸った。

二階に長くいた金重は、いろいろな人たちのことを知っていた。

母親を消火器で後ろから殴り殺して尊属殺人の罪に問われたが、精神病院送りとなった男の話。

一日中、木魚を叩いて、南無阿弥陀仏、南無阿弥陀仏と唱え続ける穏やかでニコやかな男の話。

空手三段で、人が少しでも身体に触れると、すぐに平手打ちを食わせる男の話。

時枝も少しは知っていたが、チョコチョコと動き回る休学中らしい高校一年生の男の子の話。

金重も時枝も自らの病状や現状などは殆ど語らずに、病院内の見聞録や感想などを語り合った。

時枝も金重が三階へ去った後に入院してきた鈴木という未成年の男の子が、厳重に鍵のかかった、外廊下に通じる扉に向かって、「お父さん、お父さん、早く帰りたい」と呟いては、進んだり、後ずさったりするのを見兼ねて、つい「ここへ入ったら、そう簡単には出られないよ。そんなことしていないで、少しは落ち着いて身体を休めていた方がいいよ」などと言ってしまったのを、通りかかった看護士に聞きとがめられて、

「時枝もちょっとはましなことを言うようになったじゃないか」などと言われた経験談を話したりした。

外出する時には、わずかだがお金を与えられ、病院に帰れば残金を看護士に返すのだった。何かよからぬ物を持っていないかとボディーチェックもされた。

このころ、時枝には軽いうつ病が進行していた。

どうやっても、毎日、毎日、オネショの止まらない内藤は、大広間に面した小部屋に、他の患者たちからは隔離されて、一人寝かされていた。黒い、厚い、大きなビニールシートが布団の上に敷かれていた。毎朝、それを取り替えたり、始末するのは、用務員のおばさんで、いつも悪態をついては、内藤のおチンチンを洗濯挟みではさんでみたり、細い紐でしばったりしていた。そんなことは、何の役にも立たないことは誰にでも分かっていたが、看護士も看護婦も見て見ぬふりをしていた。

内藤には、高山というまだ若い、右手の不自由な患者の仲のよい友達がいて、内藤の小部屋で、二人離れて、飽きずに花札をして一日中遊んでいた。

（五）

いつもは南青山の本院で、患者を診ている柏木悠一院長の回診が、月一回の割合で行なわれた。畳の上に並んで座った患者たちの前を息子の柏木健二副院長はいなかったが、五、六人の医師たちと、十人ばかりの看護婦をぞろぞろとひきつれて「うん、うん」「元気かね」などと簡単な言葉をかけながら、通り過ぎていった。従《つ》いている看護婦は、時枝の見知らぬ顔もあったが、一階の外来病棟や女子病棟、開放病棟の看護婦に違いないと時枝は推測した。

ある部屋では、突拍子もない質問をした患者がいたと笑い話のような噂が広まったりした。

手紙や葉書は、親子兄弟姉妹に限り、出すのは自由であったが、患者たちは殆ど出すことはなかった。もちろん、検閲はあるという話だった。

公衆電話はなかった。どうしても家族に伝えたいことがあったら、看護士か看護婦に頼んで連絡してもらうのだった。

その逆の家族からの電話もそうやって取り次がれた。


ノート、紙類などの持ち込みは自由だったが、筆記用具は万年筆やインクは認められなかった。斉藤のように木製のミカン箱などを備えている者は殆どなく、皆、寝そべってノートなどに書くのだが、殆どの者は書くことなどしなかった。

時枝もボールペンは持ってはいたが、全然使わなかった。

床屋は二ヶ月に一ぺんぐらい来た。空いている部屋を使って理髪するのだが、皆、同じようにバリカンで刈り上げられた。

入浴は週二回。順番に浴室に呼び入れられて、芋を洗うような混雑の中で、身体を洗い、浴槽につかり、あっという間に外へ出された。看護士が二人いて、つきっきりで次々と指示を出して、ささっと片付けていくという感じであった。

柏木副院長の診察は、月に一回のペースであった。普通の病院の医師とは違い、身体に関する詳しい問診などはせず、時枝の関心をもちそうな話題を折り交ぜた、四方山話で、大体は終わった。病状に関しては母親なり、父親なりに詳しく話すが、患者には殆ど話さないのが、柏木副院長の流儀らしかった。

恐らく患者一人一人の日常の細かい病状や行動は、看護士や看護婦から医師たちに報告されているのだろうと時枝は思った。

布団は昼間、二つ折りにして畳むだけなので、ひどいうつ病の人は自由時間には布団を元に戻して、その上に横になって過ごしていた。

入浴の翌々日には、用務員のおばさんが大きな籠を据えて、卓球台の片側に陣取り、患者たちに洗濯物を配った。

「ウンチつきのパンツだよ」などと余計なことを大声でつけ加えながら、何の整理もしていない洗濯物を一枚一枚、患者の名前を呼び上げて渡していった。

患者たちは卓球台のもう片一方の前に集まって、名前が呼ばれる度に、二度、三度と自分の洗濯物を受けとった。

時枝の下着類には、黒いマジックペンで大きく「トキエダ」と書いてあった。恐らく入院する時に女房が書かされたものだなと時枝は思った。

持ち物の検査はいつも抜き打ち的に行なわれた。看護士二人ぐらいが部屋に入ってくると、検査すると告げて、各自のダンボール箱をひっくり返し、ロッカーを調べた。隠す所なんかない時枝たちは、すぐに隠しタバコを見つけられた。時枝がお菓子と交換でせっかく手に入れたタバコを入れていた菓子缶もロッカーかダンボール箱の中にしか隠しようがないのだから、すぐに見つかって没収された。看護士たちにとっても日常茶飯事なのか、別に何の文句を言うわけでもなかった。

時枝は二階にいたときの羽田のことを思い出した。彼は何十本と隠しタバコをもっていて没収されないのは、よっぽどうまく菓子類の下の方に隠していたからか、牢名主のような存在に看護士たちが敬意を払って、余り詳しく調べなかったかのどちらかだろうと思った。

楽器を持ち込むことは許されていた。ギター、マンドリン、サックスなどを持ち込み、まだ音楽ともいえない音を出している者もいれば、秋山のようにとてもうまく何でも演奏できる者もいた。周りの者も音を聴くだけで楽しいのか、誰も文句は言わなかった。

（六）

ある朝、食事、タバコ、投薬も終わり、時枝たちが部屋でくつろいでいると、赤木看護婦がそっと静かに入ってきた。時枝の前にくると、「時枝さん、あなた歩くのは大丈夫？」と囁いた。時枝が、「最近はあまり歩いていないけど、大丈夫だと思う」と答えると、「そう」と言って去っていった。

それだけの会話であったが、木魚を叩きながらも、耳ざとくその会話を聞きつけた斉藤が、

「いいなあ。時枝さん、野球大会の応援にどっか連れていってもらえるんだよ」

と推測を喋った。

毎年、この時期、他のチームのホームゲームではいろいろなグラウンドで、野球大会のリーグ戦が行なわれて、柏木病院チームも出掛けて

行って、試合をするのだが、必ず患者の何人かを応援団として連れていくのだということを斉藤は言った。

数日後、時枝たち選ばれた応援団は、赤木看護婦に連れられて、多摩川べりや、車の通らない小路などを延々と一時間ぐらいかけて、暑い夏の陽射しの下を歩かされて、多摩川河川敷にある野球グラウンドに着いた。時枝は、久しぶりに歩く長い距離に興奮したし、外の空気を存分に吸えて非常に気持ちがよかった。

すぐ近くで観ていたので、今度は勝敗は分かった。柏木病院チームの敗けであった。

「選手たちは車で送り迎えされているのだろうか?」などと時枝は余計なことを考えた。


帰りも同じ道を歩いた。道々、秋山が赤木看護婦に「看護婦さん、早く婦長さんになって下さい」と冗談まじりに言うと、「がんばるわ」と赤木看護婦はニッコリ笑って答えた。

日ごろ、何の訓練もしていなかった時枝は、翌日、足がパンパンに張って随分疲れた。

八月の終わりごろ、二階を飛ばして、いきなり三階に入院してきた患者が「杉並で酒屋をやっているキセという者です」と名乗って、時枝たちに自己紹介した。

数年前に店が多忙を極め、その後、客足がまばらになった時、何もかもやる気がなくなって、奥さんに連れられて、柏木病院に入院したそうだった。軽いうつ病と診断され、数ヶ月入院して退院したのだが、入院生活が気に入って、柏木副院長に頼んで、こうやって冬の繁忙期になる前まで、柏木病院で入院生活を送ることになった。

それを毎年続けているということだった。吉瀬に対して、古い患者のある人たちは、自分の最も輝かしかった過去の仕事について熱心に語った。

K大英文卒の進駐軍のリエゾン・オフィサーであったり、横浜港の検疫所の役人であったり……。

吉瀬は「街の酒屋には誰もそんな話はしてくれない」と嘘でもいいからと話を聞きたがった。吉瀬はタバコも吸わず、酒屋なのに「酒も一滴も飲めない」と言って、この三階を安息の地としていたのであった。

吉瀬の留守の間は奥さんが一人で店を切り盛りしているということ

だった。

嘘と言えば、時枝も「自分はアメリカ人の父親をもつハーフだ」と若い患者に真顔で言われたのを信じ込んで、その話を看護士になにげなくしたら、「そんなのは全くのでたらめですよ」と強く否定されたことがあったのを思い出した。

リエゾン・オフィサーと称した患者は、確かに英語はペラペラで、時枝に流暢なキングス・イングリシュで話しかけてきた。

ある日、金重が、時枝の所へ走り寄って来て、憤って言った。

「片野さん、藤瀬の野郎に保護室へ入れられた。暴力も何も振るってないのに……」

藤瀬というのは例の暴力団員風の看護士で、片野と激しい口論の末、片野を保護室へ連行したということだった。

保護室とは、医師や看護士の言うことを聞かず、特に入院したてに多いすぐに暴力に訴えたがる、患者たちを鎮めるためや懲罰のための独居房みたいな場所であった。

看護士がいくら患者を気に食わないといっても、恣意的に患者を保護室に放り込むことはできないと時枝には分かってきていた。重要な処置は、必ず医師の許可を受けていると時枝には分かってきたからだ。

保護室とは、暴れたりする患者を閉じ込めておく場所で、柏木病院では二階にも三階にも一部屋ずつあった。

十畳ぐらいの、高い所に小さな格子窓がついている以外は、壁に囲まれた部屋で、真ん中に水洗の便器が穿たれてあり、食事の出し入れは廊下に面した四角い小さな穴から行なわれた。反対の壁際には一組の布団が敷かれた薄暗い部屋であった。

一日中、壁を蹴とばしたり叩き続けたりする患者も、それでも誰も来てくれないと分かる保護室では、そんなことは屁の役にも立たないと悟ると大体長くても三、四日でおとなしくなり、他の患者と一緒の病室に回されるのだった。

（七）

秋晴れの日、運動会が開催された。全員が参加する訳でもなく、部屋で寝ていたい者は寝ていてもいいし、観るだけを選ぶ者は観るだけでいいというのは、いつもの運動の時間と同じであった。運動会といってもグラウンドに出てラジオ体操をして、時枝たちは十人で、三日程練習しただけのピラミッドを組み立て、成功させただけで一時間半ぐらいで終わった。

ピラミッドは時枝が一番下の段で、秋山が下から二段目、金重がその上の段だったが、笛の合図でペシャンコにつぶれるのがなかなか難しく大変だった。

三階へ戻ると、まだ鉄格子の窓のそばにいた須賀婦長が時枝に向かって

「上手くつぶれたわね」

とほめてくれた。

「副院長先生がお呼びです」

部屋に入ってきた赤木看護婦が、くつろいでいた時枝に向かって、緊張した顔で告げて、時枝を診察室にひっぱっていった。

診察室では柏木副院長が待ち構えていて、

「奥さんが大変なことになったらしい。風呂場でガラス戸を蹴とばして、ガラスが割れて大けがをされたらしい。着替えてすぐ帰りなさい。

治るまで何日でも病院には帰って来なくていい。あとは、赤木看護婦が手配するから、その指示に従って」と言った。

「ああ、又、女房が子供を叱って、ヒステリーを起こしたな」と時枝は直感したが、副院長には何も言わなかった。

診察室を出ると、赤木看護婦が部屋までついてきて、心配そうな顔で、

「早く着替えなさい」と命令した。

時枝は七ヶ月ぶりにジャージを脱いで、ズボンをはき、ポロシャツに着替えた。

赤木看護婦は用意していたらしい小遣いを渡してくれ、三階の外廊下に通じる扉の鍵をはずして、時枝を一階の出入り口まで送ってくれ、西調布駅までの道順を詳しく説明してくれた。時枝は度々、金重と調布の街まで外出していたから、勝手知ったる道ではあった。

久方ぶりに下高井戸駅に降り、時枝は歩きなれたはずの道を妻子の待つ赤堤の２ＬＤＫに向かった。

道々、「風呂場の開き戸がガラス製なんて洒落たものだ」と考えていた今までの自分の愚かさに気づかされた。

ガラスは「蹴とばせば割れるんだ」と考え直させられた。

家に着くと子供たちは意外そうに、でも嬉しそうに時枝を迎えた。妻は片方の足を包帯でグルグルまきにして、照れくさそうに時枝を迎えた。

久しぶりの妻の手料理を食べながら、留守の間の妻の苦労話を時枝は聞いた。

経堂の駅前の山村ベーカリーでは、食パンのみみをタダでお客に配っているそうだった。妻は毎日のようにそれをもらって来るのだと言って笑っていた。時枝はいろいろと食べたい盛りの幼な子にまで、そんなひもじい思いをさせているのかと胸が痛んだ。

「もう大丈夫だ。あとは任せろ」とか「迷惑かけたな。あとは心配するな」とかの言葉をかけたいのはやまやまだったが、うつ病の進行の予感におののいていた時枝には妻に対して何の言葉もかけることはできなかった。

その時、仕事も失い、全くの無力であった時枝は知らなかった。うつ病もそう病も繰り返しはするが時間《とき》が解決してくれることを……。

三日たって、妻が柏木副院長に電話し、時枝は病院に帰った。下まで赤木看護婦が迎えに出てくれていた。

（八）

アルコール依存症の諏訪は、でっぷりと腹だけ突き出た、若いころは腕のいい大工だったと自慢している患者だった。

お兄さんと共に働いて大きな工務店に会社を成長させたのだと語って

いた。

「時枝さんよ。アル中はね。外出から帰っても、看護士は身体なんか調べないでアルコールの匂いがしないかどうか、クンクン、クンクンと口と鼻のまわりをかぎまわるだけで、ボディーチェックもおざなりなんだよ。だから、持ってきたいものがあれば、何でも持ち込めるんだ」

そんなに多く時枝と話したことのない諏訪だったが、そんなことを言って、もしなにか欲しいものがあったら、持ってきてくれるような口振りだった。

実際、諏訪は頻繁に外出して、家に帰った。アルコールを口にしないというのが条件であるらしかった。

時枝が入院直前の極端なそう病の一時期、毎日酒浸りであったという話が伝わっているのか、アルコール依存症の諏訪は時枝に親近感を抱いているようであった。

しかし、病院内の空気として、大体入院時期の近い者同士がよく話をするようになっていたので、入院歴の古い諏訪は、そんなに度々、時枝と話をすることもなかった。

時枝の部屋の斜め前の部屋には、野球大会の柏木病院チームのエースで、三階の患者の番長格の渡辺が入っていた。その渡辺の部屋に諏訪と渡辺ともう一人、北条が額を集めて、よく密談をしているのを時枝は見るともなく見ていた。渡辺と北条は共に長期入院患者なので、生活保護費受給者であった。

北条はよく誰彼なく「もうよくなったのに医者が退院させてくれない」とこぼしていた。

三人の担当医は皆同じで、柏木副院長とは違っていた。

ある日、諏訪が家から持ってきたらしい「巨峰」の房を前にして三人が緊張した面持ちで話し合っているのを時枝はその「巨峰」が懐かしく、羨ましくてじっと眺めていた。
記録映画の助監督として、『ワインのできるまで』という映画の撮影のために時枝は三ヶ月間甲州に滞在して、様々な葡萄の品種を知っていたからであった。

その数日後、運動の時間に、北条は脱走した。クリスチャンと思われる高村看護士が、ノックして、打ち上げたフライを五、六人の患者が追いかけていた以外は、患者たちは皆三々五々、グラウンドの周縁に所々生い茂った草の上に座ったり、立ったりして、話し込んだり、ふざけ合ったりしていた。

渡辺は何食わぬ顔をしてフライを追いかけていた。

グラウンドの周囲は、高さ三メートルほどのコンクリート塀で囲まれていた。その、外来病棟に近い塀に一箇所、ちょっと低くなっていた箇所があって、患者たちや二人いた看護士の死角になっていた。風邪をひいたと嘘をついて上着を羽織るのを許可された北条は、そこから塀を乗り越えて外の道路に出た。

西調布の駅へ急いだようだった。

柏木病院では点呼などは日常しなかったから、北条の脱走は、夜になって同室の患者たちが騒ぎ出して分かった。看護士たちはそんなに慌てずに「一週間か、十日もすれば捕まって帰ってくるさ」と嘯いていた。

渡辺は以前脱走を計画したが、軟式野球チームのキャプテンになる話がもち上がったので実行しなかったということだった。

そのときの調査とアイデアを北条に伝授したのだった。

十日後くらいに北条は捕まって、柏木病院に帰ってきたという噂が広まった。二階へ送られたらしく、渡辺や諏訪と密談することも出来なくなった。

あとで時枝が諏訪から打ち明けられた話では、諏訪の果たした役割は、数万円の資金を調達して、北条に渡したことと、大工仲間から山谷のどこへ行けば日雇いの仕事にありつけるか、どこに行けば古着屋があるのかという情報を伝えたことの二つであったそうだった。あとのすべては、渡辺の計画と立案だということだった。

渡辺と同部屋の患者たちは密談の内容を漏れ聞いただろうが、もちろん誰も看護士に密告などはしなかった。

（九）

うつ病の進行を深く自覚してきた時枝に突然、退院の話がもち上がった。

思いもよらぬ長期入院に時枝の父親がしびれを切らしたらしかった。

十一月の診察の際、柏木副院長は「お父様が二つほどあなたのやれそうな仕事を見つけられたらしい。私には詳しくは分からないが、D・P・Eと校正の仕事らしい。明後日、お父様がいらっしゃるので詳しくお話をしなさい。でも、退院を急いでも、失敗すれば又、入院する破目になりかねない。あなたが、うつ病がまだ治っていないと思うようならここにいて、開放病棟へ行って社会復帰の訓練を受けるという方法もあることも考えなさい」と一気に、だがゆっくりと言い聞かせ、時枝に判断をゆだねた。

何の仕事をする気力もわかなかった時枝にとって、開放病棟へ行ってもいいという話は魅力的だった。

その翌々日、時枝は面会室で、柏木副院長と面接した直後の父親と母親に会った。十二月が迫ってきていて、正月は一家揃って迎えるべきだと考えている父親は、時枝に退院後の仕事として二つを提案した。

写真を撮るのが好きだった時枝のことを考えた父親の提案で、一つは、当時、新たにフランチャイズ展開を目指していた大手カメラ店による七時間仕上げを売り物にしたD・P・E店への参入であった。確かに七時間というのは初めてで、当時のD・P・E店の仕上げの最短時間は八時間であった。しかし、七時間だろうが、八時間だろうが、そんなに急いで焼付けを求める人が多いとは時枝には思えなかったし、D・P・Eは大体近所か通り路で済ます人の方が多いだろうと思った。恐らくこの仕事には将来性はないだろうとも思った。

動き回る仕事ばかりしてきた時枝にとって、座って客を待つという仕事は恐らく無理だろうと思った。

もう一つは、大学教授の叔父が持ってきた仕事で、理科系の学術書の校正というか、文章の修正という大学出版会の仕事であった。

時枝は、仕事のなかった時に、ちょっと狩り出されてやったことがあったが、どこまで文章をいじっていいのか分からなくて、最小限の校正にとどめて、編集者の不満と不興を買ったことを思い出していた。時枝は他人の文章に手を入れるということは苦手であった。

いろいろな理屈をこねているけれど、うつ病の進行によって、その時、世の中に立つという気力も自信もないということなのだ、ということは時枝には分かっていた。

時枝は「オヤジは焦っているな」と感じた。無理もないとは思ったが、世間体を繕うためか、妻の実家に対しての気兼ねかは、分からなかった。

秋山も、金重もいつの間にか退院していた。退院する時や病棟を変わるときは、皆、ひっそりと患者仲間の誰にも告げずに去って行くので、時枝も二人の退院の時は全く知らなかった。

赤木看護婦が部屋に来て、「農作業に行くから靴をはくように」と時枝に指示した。

時枝は運動靴をはいて、赤木看護婦の後ろに従って、グラウンドに出た。

グラウンドの塀の途切れるあたり、開放病棟の横手に一見塀の続きのような形で、門があって、開けると広い畑が広がっていた。畑の端っこに農夫然とした男が鍬を二つ持って立っていた。赤木看護婦は男に頭を下げ、時枝をその場に残し、去って行った。

「看護士の井上です。

時枝さんは私のことは知らないだろうけれど、私の方は患者さんのことは皆、よく知っていますよ。

今日は畝を耕しましょう」

「森田療法ですか?」

「あなたは、何でもよく知っていますね。

でも、ここではそうじゃないんです。

開放病棟で室内作業をする人たちが、外に出て作業する場所を作ろうということで、はじまったんです」

森田療法とは、当時ノイローゼと呼ばれていたうつ病を軽い農作業をしながら治療する方法で、時枝は、妻が持ってきた蔵書の中から見つけ出して拾い読みして知ったものだった。

井上看護士が時枝に鍬を手渡しながら言った。

「時枝さんは恵まれていますよ。

私なんか一生かかってもお店なんか持つことはできませんよ。

でも、迷われているみたいですね」
「ええ、迷っています。
というより、矢張り今はまだ無理じゃないかと思って」
「無理はしない方がいいかも知れません。
私も沢山の患者さんが、また舞い戻って来られるのを見ていますからね」
「私も今すぐここを出て、社会に出るのが、恐いんです」
「それなら、開放病棟へ行って、少し訓練した方がいいでしょう。
販売の訓練は出来ませんが、工場などでどうせ下っ働きでしょうけれど、働く訓練が出来ると思います。そのほうがいいでしょう。

柏木先生には私から伝えといてあげますよ。開放病棟へ行きたいって。

時枝さんは治ったら、工場で働くことなんかないでしょうから、きっといい経験になりますよ」

（十）

開放病棟は、床が地面よりだいぶ高くなっている平屋の建物で、入口に行くには、木造の階段を四段昇らなければならなかった。

入ってすぐに、木製の長机と長椅子を並べた大広間があって、室内作業の作業所にもなり、食堂にもなったのは、閉鎖病棟の二階と三階と同じであった。

その奥に廊下をはさんで、十数室の十畳ほどの部屋が並んでいて、三十数人の患者たちは、そこに一室二人ずつ起居するようになっていた。

大広間と患者たちの居室の間には、診察室と面会室が並んでいた。両方とも鍵はかかっていなかった。陽の光の射し込むガラス窓にも、もちろん鉄格子はなかった。

食事時間は閉鎖病棟と同じで、食事は早く始まり、早く終わったが、昼食は、工場へ働きに出掛ける者は、弁当を作ってもらって、それを持って行くので病棟で食べる者は十数人だけであった。

開放病棟には、看護婦が二人と看護士が二人いて、患者の面倒を見たり、作業の監督や指導をしたりしていた。タバコは患者一人一日一箱（二十本）渡され、ライターは一人に一つずつ与えられた。

作業に行く者には、一日五百円相当の小銭が手渡された。

時枝はジャージを脱いで、ポロシャツとズボン姿で過ごした。もちろん、ちゃんとベルトを締めるのを許された。

夜寝る時にはジャージに着替えるのだった。

開放病棟へ移った翌日から時枝は、柏木病院から歩いて二十分くらいのボタン工場に働きに行くことが決まった。開放病棟担当の高橋看護士に連れられて、それまでもボタン工場で働いていた他の四人の患者と共に行った。門を入ってすぐの所にある事務室で、労務担当の大洞と名乗った男に挨拶して、工場へ連れて行かれた。地場の中小企業の一つには違いなかっただろうが、工場の敷地はかなり広かった。

工場には、糸ノコのような電動式の刃をはさんだ機械が五台並んでいて、それぞれに工員がついて、厚さ二～三ミリメートル、直径二～三センチメートルのプラスチック製の様々な色をし、様々な模様の描かれた円板を切ったり、削ったりして、様々なボタンに仕上げていくのであった。

患者たちは、ダンボール箱に入った小さな円板のゴミを払ったりして、機械の前にいる工員に渡したり、飛び散ったプラスチックの屑を拾い集めて、整理したりするのだった。

一つのボタンは、一種類三十個、四十個、多くても百個くらいで、工員たちは次々と円板を様々なボタンに仕上げていった。

出来上がったものは、次の工程にまわすために他の工員が運んでいった。

患者たちが働くのは、月曜から土曜日まで、朝九時から十二時までで、昼休みの弁当を食べて、休憩したら、それで工場を後にした。

休憩の時、時枝は、皆が楽しそうに喋っているのには仲間に入らず、横にある隙間にダンボールを敷いて寝ころがっていた。

帰り途では、他の人にならって、時枝も自動販売機からビールを買って飲んだ。

一週間後、時枝は労務管理の大洞に呼ばれて、行ってみると、「時枝さん、これからは、在庫管理をやって下さい」と言われ、倉庫に案内された。

そこには、何列ものダンボール箱が山と積まれて、押し込められていた。

ＳＫ１６６８、ＭＹ９０２８などと書かれたダンボール箱から、その日、その日、必要な記号のプラスチックの種類を告げられて、それを表に出しておくのが、新しい仕事だった。

アトランダムに並んでいるダンボール箱を探し出すのに、はじめは戸惑ったが、慣れてくると、時枝にはそう難しい仕事ではなかった。

ボタン工場と聞いた時、時枝はシャツとかブラウスに使う小さなボタンを連想したが、そうではなくて、コートとかオーバーとかに使う大きなボタンであることが分かってきた。

女性のファッションには、とんと詳しくなかった時枝であったが、このボタン工場で作られるボタンが大量生産のものではなくて、多品種、少量生産の様々なボタンであることが分かってきた。

（十一）

開放病棟では、時枝は東側の真ん中あたりの部屋を与えられた。同室の患者は、三年程この病棟にいると言い、重森と名乗った。

重森は、当時ヒットしていた牧村三枝子の「みちづれ」が好きで、ラジオからこの曲が流れると得意になって一緒に口ずさんでいた。この歌詞のような女の人と巡りあって、結婚するのが夢だと絶えず言っていた。重森は、自分にはやりたいことがあると言って、工場などに働きに行くのは拒否して、高度の内職のような開放病棟の室内作業を選択していた。

重森は、最近父親を失くし、母親はとうに亡くなっていたので、三歳年上の、もう結婚している姉とたった二人残されたのだと言っていた。

患者たちの居室の並んだ奥まった一角に麻雀専用の娯楽室があった。

患者たちが麻雀をするのを許されていたのは、午後の二時間の自由時間であった。

麻雀を始めるには、音頭を取って、メンツを集める者が必要であるが、ここでは福場がその役割を担っていた。

時枝は、麻雀が出来るかと福場に聞かれ、「一応ルールは知っている」と答えたら、すぐにメンツに加えられた。

時枝は学生寮にいたとき、毎日のように麻雀をしていた時期があった。六人部屋であったが、四人揃うとすぐに麻雀が始まった。

金を賭けるわけではなく、インスタントラーメン一袋を賭けて、それもただ壁に張られた模造紙に「正」の字を増やすだけで、ついに精算されたことはなかったのだから、皆、余り強くはならなかったが……。

福場は四人揃うと、中央に雀卓の備えられた娯楽室に皆を集め、「千点十円」といって勝負を始めた。

重森は加わらなかった。

最大百円以内しか動かず、皆、勝ったり負けたりであった。小銭は皆、身につけていた。

まだ春浅いころ、相模湖ピクニックが挙行された。柏木病院の正門前から、五十人乗りのバスに揺られて、一行は進んだ。

途中、バスガイドがマイクを回し、重森が「みちづれ」を情感こめて唄い、時枝は鶴田浩二の「好きだった」を唄った。

相模湖をめぐるゆるやかな丘を散策していた時、日ごろ、顔を見かけない初老の小父さんに時枝は声を掛けられた。

「古い懐かしい歌を有難うございました。感激しました」

後で聞くと、バスには患者や看護士、看護婦の他に協力的な近所の小父さん、小母さんたちが、五～六人乗っていたそうであった。

或る日の朝食の後、開放病棟の看護の責任者であり、室内作業の指導、監督をしていた小俣看護婦が患者全員に向かって、

「中山さんが、四月一日から野間鉄工所の正社員として採用されることが決まりました。当分はここから通うことになりますが、いつか独立されることになるでしょう。盛大な拍手を」

と言った。

中山は三年半にわたって、野間鉄工所に通い、下っ働きから、徐々に責任ある仕事を任されるようになったらしかった。

患者全員は惜しみない拍手を送った。

（十二）

ゴールデンウィークの一日、時枝は重森と一緒に外出した。

例によって重森が、柏木副院長に「時枝さんも一緒に」と外出を願い出て、許可されたものだった。

柏木病院から三十分もぶらぶら歩いて、ちょっとゴミゴミした一角にある長屋のような建物の中に重森の部屋があった。３ＤＫくらいで住み心地のよさそうな部屋だった。

重森は、まずご飯を炊き、酢飯にすると「これを冷やしている間に出掛けよう」と外へ誘った。

重森は時枝から千円を預かると、近所にあるスーパーや乾物屋で何やら買い物をして長屋に帰った。

時枝が、何が出来るのかと思っている間に、あっという間に、そのころ東京では大阪寿司と呼ばれていた太巻が五本出来上がった。

二人はその場で一本ずつ食べた。美味《うま》かった。

残り三本を食べやすいように切って、ビニールパックに詰め、重森は「これは病院で食べよう」と言った。

重森は、開放病棟で外に働きに行かないのは「自分は、こういう店をやりたいからだ」と言った。

この大阪寿司といくつかの惣菜を組み合わせたものを売るお店をやりたいのだと言っていた。「幸い、オヤジが住居《すまい》と少しのお金を残してくれたから」と説明した。

七月はじめ、「林間学校」と称した奥多摩への一泊のキャンプが、開放病棟の患者全員が参加して行なわれた。

高橋看護士と内藤看護士が引率した。

バスで一般道を西に向かって走ったが、時枝にはどこをどう走っているのか皆目見当もつかなかった。途中、青梅線の御岳駅の看板が目について、やっと奥多摩に来たんだなあと思った。

そこからほど遠くない所でバスを降りると、緑の中を分け入って、山道を少しの間登り、バンガローが十数軒並んでいる広場に着いた。

途中、患者を集める時、高橋看護士は「柏木病院」とは叫ばず、「柏木ィー、柏木ィー」と叫んだのが、時枝には印象的であった。
バンガローには、四人一組で寝て、翌日バスに乗り込んで柏木病院に帰った。

七月の終わりごろ、時枝は柏木副院長に診察室に呼ばれた。
「もういいでしょう。よく辛抱したね。来週退院しなさい。元の生活に慣れるには、だいぶ時間がかかると思うけれど、焦らず、おいおいやっていくように。薬は急にやめると病状が悪化するから、南青山か調布、どちらかの好きな方を選んで通院するように。奥様には私から連絡しとくから」

翌週、柏木病院が入院当時に預かっていたのであろうボストンバッグに、大して増えていない荷物を詰めて、時枝は退院した。

一年四ヶ月の長期入院であった。

赤堤へ辿る道々、時枝は考えた。

そう病もうつ病も、自分で自分を裏切る病いなのだなあと。

これで妻子にやっと会えるのだと。

京　琉光（きょう　りゅうこう）

1941年　東京生まれ
東京大学文学部中退
フリー記録映画助監督
ビル管理会社社員

そううつ記

2012年8月1日　初版1刷発行 ©

著　者　京　琉光
発　行　いりす
〒113-0033 東京都文京区本郷1－1－1－202
TEL 03-5684-3808　　FAX 03-5684-3809

発　売　株式会社同時代社
〒101-0065 東京都千代田区西神田2－7－6
TEL 03-3261-3149　　FAX 03-3261-3237

印刷・製本　モリモト印刷株式会社

定価はカバーに表示してあります。落丁・乱丁はおとりかえいたします。
ISBN978-4-88683-727-1